歌集

白亜紀の風

佐藤モニカ

短歌研究社

白亜紀の風　目次

装画・装幀　野原文枝

白亜紀の風

蹴伸び

海風のよき日は空もひるがへりあをき樹木に結ぶその端

時々に遠くに見えて白く照るカモメのやうな夢ひとつあり

とほき世に貸し借りをせしもののごと今朝わが肩に落つる花びら

未来へは指の先より入るべし大きくながく蹴伸びするとき

所々ちひさき芽など噴き出して昨日より今日よく寝る夫は

眠れざる日々の続きてぱちぱちと音たてはぜるマメ科のわれは

気がつけば窓辺に長き尾を垂らし陽にまどろめる家族であるよ

子を持てる母はをりふし味はへり乳白色のよろしき時間

船上よりテープを投げし別れなしなければどこか浅きわたしか

ベーグルを買つて帰れりゆふぐれは誰かに少し褒められたくて

青を滲ませ

早春は馬のごとくに駆けてきて背伸びしみがくその馬の背を

時雨してやさしくなりし町のなか輪郭あはく友と溶けゆく

鞦韆のなき公園にふたり来て揺らすことなき両脚垂らす

この夏を綴ぢむとかがる糸の欲しうすあをき絹の糸をひと束

ロッキングチェアに微睡む母の上流星群が通り過ぎゆく

それぞれの青を滲ませ行く街の夏生まれなるわれといもうと

人よりもちひさき踵持つゆゑに発つときわづか遅るるわれか

ゆふぐれにひとときは明るく輝ける銀河のありて祖父の声する

多年草タンポポの黄を取り込みてけふの心の少したくまし

をちこちに星を散らしてまた集め夕べ木べらににんにく炒む

葉桜の緑まばゆし潔く別れしものの行方問はねば

昼の窓磨きてをればシャボン玉のなかなるごとしこの世のことは

川面には風の吐息の残されてうつとり覗く橋のうへより

秋天はやさしくひろく深きゆゑ白き脚もつ馬たちが行く

ローズウォーターしつとりやさし近頃は尖り気味なる心につけて

立つときにわが身に垂るる細き尾のあらば揺らさむこの先の道

勝手口ある家に住みしことはなく扉ひとつの人生すずし

スモモジャム煮詰めてをれば気づきたり果実も人も肩より溶ける

折々に貝や魚の声混じる海風へ向き歩きゆくとき

幾つもの橋を渡りて戻り来る明け方のわれ水濃くにほふ

夢のなかの夢を語りてこの朝のテーブルに蜜滴らせをり

東京のどこかに忘れ来しタオル白き翼となりて翔ぶらむ

額《ぬか》といふさびしきものを傾けて挨拶をせり朝ごと人は

身ごもりて次第に花芽となる臍に触れればやはき春の感触

新生児室に眠れるみどりごは繭の色した産着まとひて

幾度もたたまれちひさくなる街の片隅にある白き港は

夜の道吾子と歩けば月光に打ち粉をされて光る猫をり

みづからの風を曳きつつ園へゆくみどりごは春をさなごとなり

見らるる土地

ブラウスが風で膨らむ一瞬を鳥のごとくに待ちうけてをり

木陰借り歩む夏の日わたくしの影をするりと踵にしまふ

おほかたは桜の木だと気づかれず春来れば人に仰がれてをり

花びらを肩に鞄に靴に貼り歩みし頃の東京思ふ

一本の樹木の陰に収まりて家族三人《みたり》の生のつつまし

ボゴール、ピーチ、ゴールドバレル市場にはささめきあへりパイナップルが

台湾から沖縄にパイナップルの栽培技術は伝わった

植民地統治の歴史と離されて輪切りされゆくパイナップルは

二千円札

守礼門の裏に座れる冷泉院涼しき顔に源氏と向き合ふ

縦縞の夫と横縞の子を連れて花柄われの買ひ物たのし

白百合は横顔のよき女ゆゑ秘密ひとつを打ち明けてをり

水底に異なる世界あることを隠さむとして川は流るる

観光バス次々と過ぎわれもまた見らるる土地の一人となりぬ

夕飯を何にせむかと迷ひをり北斗七星の鍋きらめきて

駅のなき街に住む子がリビングに六両編成列車走らす

銀の匙磨きてをれば親指はひつたり匙に収まりてをり

みづからの水を汲み上げゐる夕べするするる下ろす木の桶ひとつ

ティーカップのほそき柄指につまむとき母なるわれがしばし遠のく

前髪をつまみ上げたり動物図鑑シカのページにくるたびに子は

溶けさうで焦げさうな夏をりをりに横縞柄の風通り過ぐ

あをばの光

開け放つ秋の扉のまぶしくて子は幾たびも旋回をする

鳥の声する度あをく膨らめる秋空の下子と歩くなり

祝祭は突如始まりこの街のいたるところにあるマテバシイ
ペットボトルのなかに弾ける泡がありそのひとつひとつなべて喝采
万歳と降参の似て晴れわたる空へ伸ばした両の手寂し

吾子連れて名もなき橋を渡り来ぬ一メートルに満たぬその橋

種を蒔く楽しさのあり子の呼べるパッパッパアはその父のこと

をさなごをひきよせねむるこの夕べ銀河にふたりつま先濡らす

うらおもてあるやうな朝ゆつくりとかへせばこちらが夢かもしれず

笑ひ声につられて笑ふをさなごの声つやつやとあをばの光

カンガルー体操

落葉《らくえふ》の頃に会ひたきひとりゐて秋の街角佇みてをり

喋りつつ木の実をこぼすいもうとが秋空深きさまを言ひたり

窓辺とはこころを解く場所ならむ本読み歌詠み黒猫は伸び

ベビーカー押す日々自転車漕ぐ日々のところどころに雲のあるなり

カンガルー体操をしに子と出掛く白きタオルと水筒を提げ

小麦粉を薄くまぶして思ひたりかつて暮らしし千駄木の雪

風邪気味のをさなと作るブロックのミキサー車けふよく回るなり

この島になきもの次々仕舞はれて琉歌のなかの雪花かがよふ

こんな日はキツネのやうな立派な尾身に巻きつけてただ眠りたし

をさなごの月

家中の扉に油さしてゆく秋のこころは旅人に似て

ちぎれたる雲のごとしも登園の息子にずつと手を振りながら

月をまだ平たきものと思ひゐるをさなごの描く月のしづけさ

夫の描くライオンにをかしみのあり生きて勝たむとするをかしみが

秋の日のポトフしづかに煮込みたり月桂樹の葉を一枚添へて

辺野古の今を

一つづつフェンスの網目ほどけゆく夢を見るなり新月の夜に

するすると豆の木伸びてこの空は誰のものかとジャックが問へり

黒糖を溶かしつつ思ふすんなりと消えざるものがこの島にある

あをあをと溢れむばかりの海をのせ新聞は告ぐ辺野古の今を

一膳の箸の転がる形にて滑走路二本予定されをり

2018.9.9　名護市議会議員選挙

肩車されて覗ける者もゐる投票用紙の山に向かひて

脚立にも大小ありて大小の山に座れるマスコミの人

青年会のＴシャツの男《ひと》ガラス越しに眺めつつまた唸りてゐたり

十三対十三の議席決まりたり二十四時を過ぎたる頃に

「替はります」と手を挙げらるることなくてなければ長くこの島が持つ

コンビニの白きはんぺん浮かびをり辺野古の海のフロートのごと

二十年《はたとせ》の長き時間をたゆたひてたゆたひやまず辺野古の海は

冬晴れの街

冬の日のこころは遠し重ね着をすればするほどわからなくなる

足裏と足裏あはせをさなごは笑ひころげる師走の夜を

平成に生れしをさなごみづからの元号書かずに平成終る

冬晴れの街を歩みぬをさなごと影をときどき入れ換へながら

双眼鏡夫とわたしを行き来してみどりの萌ゆる嘉津宇岳あり

U.S.A.

ふりだしに戻る一月玄関に家族の靴を次々磨く

かぎかつこのなかなるごとし黒猫の二匹にはさまれ本を読む朝

卵黄にパンをくぐらせ少しだけひとの意向に添ひたき今日か

約束を反故にされ家に戻り来る夫はしろき空洞となり

埋められてゆく辺野古なり日本でU．S．A．が踊らるる世に

目蓋にあはき珊瑚を滲ませてふかく潜れりをさなは夢に

スペースシャトル

入港の汽笛ゆつくり鳴り響き西之表港引きしまる朝

どの船も名前をもちて半身の浸かりてゐたり午後の波止場に

長きものに縁ある島種子島　鉄砲、ロケット、サーフボードと

種子島宇宙センター土産屋にスペースシャトル数多待機す

足湯にて心ほぐれてゆく夫か余計な話またひとつして

百円の巡回バスに眺むればゆるやかな川流れゐる町

眠りゐるをさなごの手のなかにあるスペースシャトル手のひらは宇宙

かた結び

フリージアは種子島より届きたり　三十本のまつすぐな茎

ふり仰ぐたびに寂しさ増すやうな花の季節よ樹下に入りゆく

時々に飛ばされさうなわれのゐて絹のスカーフでかた結びせり

赤飯を蒸すわれの手に母の手の重なりて見ゆ　桜咲きをり

アスパラガス茹でつつ思ふ北の街駆けゆく春のながき両脚

春の庭水撒きてゐるをさなごがぼはむぼはむと膨らみてゆく

雲に乗りたり

梅雨入りをせし町けふは湖《うみ》のごとどこを向きても木船の匂ひ

鳥のこゑいつぱい詰めてやんばるのわれの両耳やはらかくあり

をさなごは水脈《みを》をひきつつ戻りくるその水脈しばし見つめる母は

長靴を好むをさなとともにゐてけふ幾つもの雲に乗りたり

以倉紘平「沙羅の木陰で」

娘《こ》を思ふ心は白き沙羅となり咲きをり以倉紘平の詩に

剝きたての卵

滑らかに身を扉へとしまひゆく令和いかなる時代《とき》か知らねど

剝きたての卵のやうな朝のきてしばし待ちをり吾子の目覚めを

産むといふ切なきことをかつてせりかたへに夫を立たしめしまま

園バスに子ら揺られきてやはらかな翼たためるごとくに眠る

唐突にかなしいといふをさなゐてその悲しみをいかにせむ母は

戦国武将占ひ試せば家康と出づるわれなり家康とほし

プラットホームなき街さびし若きらの駅にはじまる恋などなくて

星空のマント

K

一本の樹木にしばし休みゐるひとに似てをり子のイニシャルは

心にも一樹はありてその一樹けふやはらかに緑濡らせり

六月のわれと子の間を耀けりボトルシップのなかの海光

ひそやかに脱がれし影のたまりゐる場所のあるらむ夏のなかほど

白き鳩羽ばたく石鹼泡立ててけふのこころは空へ向きたり

時々に端切れのやうな空のぞきやはらかならむ背泳の時

夏の日はグンバイヒルガオ従へて川いきいきと流れてやまず

星空のマントを羽織りをさなごは眠るためなる散歩をしたり

ハロウィン

東京は秋風の頃葉のやうな形のスポンジ皿に滑らす

黒猫にも魔女にもなれるハロウィンの一日《ひとひ》をわれはわれとして生く

キッチンの小窓開ければ見ゆる道　黒猫縞猫斑猫通る

聞きわけのよき子わるき子それぞれの哀しみを見せ帰つてゆけり

子の帰宅時間アラームセットして呼ばるるまでの母解き放つ

ハンバーグ作りつつ思ふ先の世に小判使ひしことときつとなし

夫の一日《ひとひ》を支へてくるる革ベルト波打ちゐるるをかなしく見をり

恐竜の名前増えゆく秋であるをさなひとりの傍らにゐて

運命と名づけて

風の尾の幾たびもふれ揺れやまぬ樹木見てをり窓の向かうに

歳月のうへを渡れるわれらなり翼傷めどなほ羽ばたかむ

ゆくりなく降り来しものを運命と名づけてけふの落葉まぶし

公園の遊具に夕日そそがれて勝っても負けてもよき齢あり

夕暮れにぽつねんとある一艘の船のごときかひとの訃報は

澱みゐる何かを元に戻さむと深夜の部屋に逆立ちをせり

猫はまたやはらかき島この家に三つの島のある昼下り

ほろほろと焼菓子こぼすをさなごよ小人の国は雪の降る頃

ここを過ぎればそれぞれの道読み聞かせる絵本のなかに三叉路はあり

うつとりと毛繕ひする猫のゐて今宵の闇もふかぶかと来む

箔わづか空に貼りつけられてをり夫の受賞の知らせ届く夜

両耳に真珠を飾りしばらくは真珠の嘆きに耳傾けむ

樹木より樹木へぬける秋風はまことたしかな調べとなりて

二度寝する朝に誓へり再起動するときのわれすばらしきこと

稿を書くわれの膝にて休みゐる黒猫にしばし筆を執らせむ

黄と青の軟膏を混ぜ涼しげな緑あれたり辺野古の海の

2019.10.31 首里城

朱に朱重ぬる苦しさ首里城は燃えてゆきたりその身を崩し

触覚を濡らし歩めりこの秋のいかんともしがたき寂しさに

空の切れ端

冬晴れのよき一日よをさなごと空の切れ端ぶら下げてゆく

折り紙をちぎり丸めて差し出しつ恐竜の卵ですとをさなは

川面にはせめぎ合ふ色残されて自転車でゆくわれとをさなは

林檎ならジョナを選ばむ少しだけ母の名前に似るを理由に

同級生のみな大人びて見ゆるなり日系の母の卒業アルバム

手のひらを広げ逆立ちするときに砂時計思ふピンクの砂の

ゆふぐれの風に吹かれてほどかるる糸のあるらむ子のこころにも

猫と子にはさまれ眠る夕べなりしむしむと夜空せまりくるなり

移民船

神戸港のただにまぶしき一日《ひとひ》なりサントス行きの船待つ埠頭

海風に肩を押されてゆつくりと港を離るる船を見てをり

蜘蛛の巣のやうに行き交ふ紙テープその奥処には移民船あり

抽出しに曾祖母の旅券眠りゐてところどころに白き黴あり

へちま襟の服を着てゐる曾祖母の旅券のなかの昭和の時間

筆圧の強さは決意の強さかとしみじみ見る曾祖母のサイン

mがnに記さるること気づきたり移民の名前に誤り多く

うやうやしく五七の桐の紋続き四十九個に終れり旅券に

身長の１４３Ｍと書かれゐる曾祖母にわれは一度のみ会ふ

リウマチの曾祖母の指曲がりをり赤子のわれと写る写真に

眼差しに包《くる》みたるのみリウマチの曾祖母は赤子を抱き得ねば

母の父の母なる曾祖母頬骨の高きがわれとよく似てゐたり

戦前と戦後の移民に違ひあり戦争を味はず死にし曾祖母

ブラジルへ渡りし二十五万人その一人なりわが曾祖母は

根底に祈りをもちて語りたしたとへば百合を掲げるやうに
さよならと手を振りをれば風のみが応へてくれつ風の港に

ちひさきランプ

風かはり春と気づきぬ街つつむ風の硬さに強弱ありて

空に触れむ空に触れむと樹木らの背伸びしてゐる　春限りなし

花芽ほどくはやさに遅速あることを思ひつつ歩む吾子との道を

今しばし待つ喜びを教へむか桜の樹には花が咲くゆゑ

かがまりて子に言ひ聞かすあれこれはかつてその母の言はれ来しこと

夕陽さすところはさびしきところかな向かひの屋根が紅に染まる

自転車を漕ぎつつゆけば仄かなる灯りの見え来　明日かもしれぬ

吾子眠るしろき時間よ窓の外《と》におほき雲らの次々とわき

ひと日子と遊びしわれに点りたり森の道ゆくちひさきランプ

寂しさは天よりも地にあるものか夕べ床など磨きつつ思ふ

目を閉ぢて消えゆく景色生《あ》るる景色いづれもありてまた目を閉ぢる

鳥もまた越えがたきものあるならむ朝《あした》曇れる空に漂ふ

救命ボートか抗議ボートかわからねど今宵凛々しきゴーヤーのボート

失ふと聞けばますます澄みとほる海かもしれず　辺野古の海よ

新しきパズル未完のまま眠るをさなを抱きてわれも眠らむ

よくできましたよくできました褒めたたへ桜咲くなりをさなの春に

永遠《とは》に母なる

サングラスの分だけ色の濃さを増す海に来てをり緑濃き海

海風に顔をさらして産みしのち永遠《とは》に母なるわたしと思ふ

全身で怒るといふことわれになくなければ子のそれ慈しみて見つ

窓磨きカーテン洗ふ一日なり心と窓は通じるやうで

外つ国の美術館のなかひたすらにイエスを抱くマリア続けり

仰向けに眠ればひたひた打ち寄するやはき波あり胸の暗礁

玉屋柳勢

喜びはまづ洋服にあらはれて花柄シフォンのワンピース選る

会社員になると思ひしおとうとはけふ真打となれり　三月

玉屋柳勢とふ名の覚えがたきこと母は言ひをり電話の向かうに

市朗、市楽、柳勢とかはりきて三人の弟ゐるごとし

ぽつてりと朱き漆の盆使ふ心幾らかやはらかき日に

恐竜の声

バルーンのやうに白シャツ膨らまし夏の街へと入つてゆけり

街路樹の下を通れるをさなごよちひさきおまへの芽吹きも見せて

上履きを水に濯げるしばらくを鳴き続けをり向かひの犬は

かがやきて降る雨のありあの世から誰か手紙をくれたかわれに

樹のあはひ雨のあはひに漂へるもののなべてを詩歌と言はむ

生まれ月葉月にあれば葉を揺らし葉を濡らしつつもの思ふなり

夏の日は白亜紀もまた近くなりとほくに恐竜生《あ》れし声聞く

恐竜の名前は呪文に似たるゆゑしばし躊躇ふ口に出すこと

ゆふぐれの街は滲みて窓の外《と》を眺むるブラキオサウルス一匹

終日をまとはりつきてやまぬゆゑ遂につぶやくディプロドクスと

寝ね際に思へばさびし星々のあひだに見えぬ星のあること

船旅

見えがたき敵と戦ふ近頃はまづみづからの手を洗ふなり

病棟は西と東に分けられて体温計に東3とある

七夕に入院すれば廊の先をさならの願ひ揺れてゐるなり

一人用ベッド分け合ひつかの間の船旅に出るわれと息子は

舵取りはわれに任され明るき方明るき方へとハンドルをきる

少しだけ窓を開けたり病室のかなしき風を逃さむとして

ひとつまたひとつ明かりの点れるを眺めてゐたり吾子の心に

手のひらに液体石鹸ひろげつつまだ始まりしばかりの自粛

氷解けゆく

取り付けのわるき扉のあるごとし喘息の子のそばに眠れば

胸内にあをき空ありその空に雲増やさむと子は吸入す

屋宜さんがヤギさんとなりをさなごの入院生活やはらかにあり

空色のカバーの歌集読んでをり心幾らか拡げむとして

傾きてヨットは進む子の開くシールブックのなかなる海を

触角は秋にふれたり病室を出でてコンビニまでのその道

徐々に徐々に氷解けゆく寂しさに夏終りたり日傘を畳む

デイゴの花ちらほらと咲きくれなゐをけふの心にまぶしてゆけり

駅前も駅裏もなき街に住み夜毎かがよふスーパーの灯は

窓からは山の稜線きはやかに深鉢のなか沈めるわれか

イグアスの滝

水族館懐かしむごとマスクには魚ら泳ぐガーゼを選ぶ

剝きたての月の浮べる秋の空心もしばし敏感となる

椀のなかもづくは揺れるふるさとの珊瑚の美しき海を思ひて

アンリ・ルソー「風景の中の自画像」はルソー46歳の作

アンリ・ルソーの気球の絵など思ひつつ気持ち上げむか沈みたる日は

コロナウイルスなき世に撮られしイグアスの滝の飛沫よ部屋内《へやぬち》に浴ぶ

曲線も直線もよし子とながむる路線図にけふ心走らす

バレッタの壊れに気づく退院の息子と帰り髪解くとき

退院し元の暮らしに戻るとき足並み揃はぬ家族と思ふ

春の真水

秋風を詰めて戻れるをさなごを抱きとめわれに秋のひろがる

一人子はわれによく似て団栗のやうな幸せ拾ひ集める

花々も傷負ひてをり疾風の後のしづけき庭に降りれば

帰化はせず一生《ひとよ》終へむとする母の長き名前の隙間に星は

とほき国の日本語学校旧かなで日本語教はる少女《をとめ》の母は

ブラジルの日本語学校に蛙の詩習ひしことを母は言ひ出づ

サイタサイタサクラガサイタと暗唱す桜まだ見ぬ日系子女ら

閉校となりし後にもその庭に実りてゐたり黄のザボンは

植民地《コロニア》とふ言葉に未だ馴染めざるわれなり植民地に生《あ》れし母

日本にあくがれ育ちし母ならむ曾祖母の話繰り返し聞き

歳月は母に積もりて解けゆきて春の真水とながれゆくまで

声は後ろへ

けふの日を喩へたらたぶん卵色模様ある身を春日に当てて

風に乗り声は後ろへ流れゆくわれがをさなに呼びかくる声も

映し出さるる顔に体温刻まれてわれも入店許されてをり

席と席の間は区切られてうららと客待つ席に春の陽が射す

ボナールの絵を子と見しを思ひ出す東京の街ふたりで降りて

花韮を買つて帰れり慰めあひ讃へあひたるランチの後は

月光のやはらかに降る春の夜よ手紙書くべし外つ国のひとへ

とほき地平に

届きたる詩集は煙草の匂ひしてとほき地平に夕雲流る

夕立の過ぎたる後のやさしさの水溜まり踏むをさならのあり

ふつさりとオオゴマダラの翔ぶさまを子は真似てをり両腕ひろげ

騙されて育ちきたれるをみなごと思へばいとし電照菊は

月光を浴びて歩めばわれよりもわが影愉しさうに揺れをり

聖母月家出の猫は白百合の固まり咲ける場所にて憩ふ

春の旅人

雪解けの町は滲みて和らぎて水仙の花しづかに立てり

春の日の九頭竜川の勢ひに鋭きもののあり耳をすまさむ

巻き戻しするごと春にたどり着くみんなみの島よりわれら来て

をさなごが冬がいつぱいあるといふガイドブックに雪の積もりて

二両編成電車に揺られ春の旅終りあるごとなきごと進む

みんなみの春と異なる春ありて車窓より探すひととなりたり

雪の日の眩しさ懐かしみながら永平寺に残る雪に触れをり

田原町駅藤島高校万智さんの通ひし学校地図に探して

われも子もともに未来へ運ばれて午後の電車に微睡みてをり

秀吉より勝家よしと夫は言ふ柴田神社の銅像の前

黄のタグ付けられ泳ぐ蟹を見る東尋坊の商店街に

あをあをと海は平たくけふありて所々に綻びの見ゆ

三好達治「荒天薄暮」

開きたる本の形に詩碑はあり「戰ひやぶれし國」と記され

妻去りて国破れたるその後の達治のこころ思へば悲しも

波音に混ざりて鳥語あまたあり三好寓にて佇みをれば

迷ひなき一本線は水平線三好達治も眺めけむ線

幾つもの春の景色をしまひたるカメラを革のケースにしまふ

春の夜の芦原温泉夕食のランチマットに晶子の歌あり

一口に冷酒飲み干す夫を真似子は飲み干せりみかんジュースを

花筏三国に集ふ文人の筆の運びを思ひて眠る

白亜紀の風

白き帆の美《は》しき表紙の本を置きそこより始まる夏と思へり

夏となる明るさに空は膨らみてをさなの語彙の増え続けたり

をさなごの言の葉はまだやはらかくひとひらふたひら手のひらに受く

スタンプを次々に押す楽しさに黄のアラマンダ今日もまた咲く

猫したがへ朝の部屋内《へやぬち》歩くとき母猫のやうなわたしと思ふ

ラピュタパン食みたる夫は語りゆく少年の日の憧れなどを

遠空にひるがへる鳥見てゐたりひるがへるその力思ひて

いもうとに貰ひしあをきバングルを手首にまはす雲のよき日は

通園のバスは男《を》の子らばかりにてジャンケンをしたがる勝ちたがる

負けた方が勝ちとふアメリカジャンケンを子より教はる訝しみつつ

浮遊する心は蝶に預けたり窓辺にわれと猫は並びて

初夏の雷の音《ね》の鳴り響き戦ひはありかつてこの地に

かざし来し傘は楯かもしれぬこと気づきたるとき壊れてゐたり

地球儀のうへを飛行機とばしつつ子はうつとりす世界の旅に

空へ扉《と》はすべて開かれ駆け抜ける風ありこれは白亜紀の風

あとがき

『白亜紀の風』は私の第二歌集です。『夏の領域』刊行後の二〇一七年から二〇二一年初夏までの作品から三一〇首を選び、まとめました。この間、首里城焼失やコロナ禍といった社会的なことから個人的なものまで、実にさまざまな出来事がありました。そして、この間、私が励まされたのは身巡りの自然でした。小さな息子を育てながら、一緒に見上げた緑は今まで見たどんな緑よりもまぶしく、かがやいて見えました。それはこのコロナ禍においても変わりませんでした。むしろ、ますますのかがやきを放って見えたほどでした。ベビーカーを押しながら、抱っこひもで息子を抱えながら、電動自転車に息子を乗せながら、その度に、沖縄本島北部の、自然豊かな、やんばるの地で、緑に包まれている自分達を感じました。

この歌集には南の島で夫と小さな息子と猫たちと織り成す、ささやかな暮らしが収められています。今年一月に上梓した第三詩集『一本の樹木のように』ともその時期は重なっています。

「心の花」の先輩の俵万智さんに教わった電動自転車に乗り、息子と風を感じながら走るのが、今の私の小さな幸せです。今回歌集にまとめてみると、思いがけず、風の歌が多いことに驚きましたが、それもまたこの自転車が一役買ってくれているようです。

歌集名の『白亜紀の風』は、次の作品に拠ります。

夏の日は白亜紀もまた近くなりとほくに恐竜生《あ》れし声聞く
空へ扉《と》はすべて開かれ駆け抜ける風ありこれは白亜紀の風

こんな時代ではありますが、心をすぼめずに、遥かなものに憧れてゆきたい、希望をもって羽ばたいてゆきたい、そんな思いからつけました。後に、読み返すときに息子が夢中になっている恐竜のことも重ねて思い返すことと思います。

本歌集には夫婦で参加させていただいた「短歌研究」の企画「平成じぶん歌」の一連も収めました。ちょうど自分の人生も折り返し地点を過ぎた頃でしたので、ゆっくりと見直してみたいという時期と重なりました。

母が留学生として日本へ来てから、昨年でちょうど五十年となりました。残念ながら、このコロナ禍でブラジルを取り巻く状況も非常に悪く、行き来はもちろん、今は手紙を届けることもできません。この世界的なコロナ禍の一日も早い終息をただただ祈るのみです。

落語家の弟が真打となり、玉屋柳勢となりましたのも昨年のことです。私の第二詩集『世界は朝の』が三好達治賞をいただくことになったのもそれと同じ頃でした。本歌集には、三好達治が五年間を過ごした福井への旅の歌も収めました。これは私にとって特別な旅となりました。

佐佐木幸綱先生をはじめ、「心の花」の先輩・仲間達にはいつも多くの刺激をいただいております。この場を借りて御礼を申し上げます。

ご多忙の中、帯の文章をお書きくださった「塔」の栗木京子さんに厚く御礼を申し上げます。

装画・装幀を今回も野原文枝さんにお願いしました。緑豊かな装画を眺めておりますと、やんばるの地に暮らす私の日々が、色鮮やかに浮かび上がってくるようです。打ち合わせの際に、野原さんと育児の話をしたのも良い思い出となりました。本当にありがとうございました。

歌集出版に際しては、國兼秀二さん、菊池洋美さんをはじめ、短歌研究社の方々に大変お世話になりました。心より御礼を申し上げます。

サトウキビ畑の見える窓辺にて

佐藤モニカ

佐藤モニカ

1974 年生まれ　千葉県出身
2013 年より沖縄県名護市在住
竹柏会「心の花」会員　佐佐木幸綱に師事
現代歌人協会会員　日本歌人クラブ会員
日本現代詩人会会員

2010 年　第 21 回歌壇賞次席（「サマータイム」30 首）
2011 年　第 22 回歌壇賞受賞（「マジックアワー」30 首）
2014 年　第 39 回新沖縄文学賞受賞（小説「ミツコさん」）
2015 年　第 45 回九州芸術祭文学賞最優秀賞受賞
（小説「カーディガン」）
2016 年　第 50 回沖縄タイムス芸術選賞奨励賞受賞
2017 年　第 40 回山之口貘賞受賞（詩集『サントス港』）
2018 年　第 24 回日本歌人クラブ新人賞および
第 62 回現代歌人協会賞受賞（歌集『夏の領域』）
2020 年　第 15 回三好達治賞受賞（詩集『世界は朝の』）

検印
省略

令和三年八月二十八日　印刷発行

歌集　白亜紀《はくあき》の風《かぜ》

著者　佐《さ》藤《とう》モニカ

発行者　國兼秀二

発行所　短歌研究社

郵便番号一一二―〇〇一三
東京都文京区音羽一―一七―一四　音羽YKビル
電話〇三（三九四四）四八二二・四八三三
振替〇〇一九〇―九―二四三七五番

印刷者　豊国印刷
製本者　牧製本

ISBN 978-4-86272-684-1 C0092